LE LYS D'ÉVREUX

CONTRE

LES TEMPÊTES DE M. ROLLE.

Le Lys d'Evreux

contre

Les tempêtes de M. Rolle.

Premier Procès

Divisé en dix paragraphes.

PARIS.

Imprimerie et lithographie de Waulde et Renou, rue Bailleul, 9-11.

1845.

Un nouveau feuilleton de M. Rolle ayant à la fois attaqué et le *Lys d'Évreux*, et la plaidoirie, et le réquisitoire, et l'arrêt du tribunal qui l'a condamné, on a pensé que le public lirait avec plaisir le véritable plaidoyer de Mᵉ Auguste Johanet, dont le feuilletoniste du *Constitutionnel* s'est plu à dénaturer les paroles et à travestir la discussion.

TRIBUNAL CORRECTIONNEL DE PARIS (7e CHAMBRE).

(Audience du 6 mars.)

PRÉSIDENCE DE M. LEPELLETIER D'AULNAY.

Refus d'insertion. — *L'auteur du* LYS D'ÉVREUX, *contre le gérant du* CONSTITUTIONNEL.

§ Ier. Qui servira d'Introduction.

Me Auguste Johanet, chargé de soutenir la plainte, a pris la parole en ces termes :

Au premier bruit de ce procès, à la première nouvelle que M. Loyau de Lacy intentait une action contre le *Constitutionnel* pour refus d'insertion de sa réponse au feuilleton du 27 janvier, une même idée s'est offerte à tous les esprits. On a pensé que l'auteur du *Lys d'Evreux*, en demandant justice aux tribunaux, n'agissait pas seulement dans son intérêt personnel, mais, avant tout, dans celui de la dignité littéraire, de la loyauté de la critique.

Cette cause est donc, aux yeux de tous, dominée par un noble, un généreux sentiment; elle a un but sérieux, utile; elle est, en un mot, digne d'être soumise à votre appréciation.

M. Loyau de Lacy l'a si bien comprise, qu'afin de la dégager de toute préoccupation pécuniaire, il s'empresse de renoncer aux dommages-intérêts qu'un instant on avait songé à réclamer pour lui.

Vous avez donc aujourd'hui pour mission de juger si le feuilleton du *Constitutionnel*, en dénaturant d'une manière quelconque l'œuvre de M. Loyau de Lacy, n'a pas oublié les devoirs imposés par la vérité et la justice, et si le journal ne lui doit pas une réparation.

Au point de vue littéraire, vous examinerez si, dans le fond, et surtout dans la forme, la critique n'a pas abusé de son droit, et si, pour son bon plaisir, pour un triste besoin de raillerie, il lui était permis d'altérer le sens, de tronquer, de falsifier les vers de M. Loyau de Lacy.

De nos jours, le feuilleton prétend régner en souverain, que dis-je? en despote; il livre tout à ses appréciations passionnées, à ses jugements qu'il voudrait faire considérer comme des oracles. Celui du *Constitutionnel* surtout vagabonde audacieusement à travers toutes les questions religieuses, politiques, morales et littéraires. Depuis quelques années, cette outrecuidance a fatalement progressé, et si on ne s'opposait pas à ses efforts chaque jour plus actifs, elle amènerait une complète désorganisation.

Je ne ferai pas toutefois au feuilleton du *Constitutionnel* l'honneur de le reconnaître si dangereux. Le lundi 27 janvier, il a manqué pour cela à son auteur deux choses essentielles : le bon goût, qui sert toujours, puis la vérité, qui ne nuit jamais. Emporté par une ardeur quelque peu jalouse, dont j'aurai plus tard à dire les motifs, il est à la fois sorti de ses habitudes graves et de cette verve pleine d'éclat et de saillie qui lui est familière. Les feuilletonnistes apparemment sont hommes; j'allais presque dire que, pour avoir quelque chose de commun avec un autre sexe, ils sont journaliers parfois. Ce jour là, celui du *Constitutionnel* était mal disposé : il a voulu immoler M. Loyau de Lacy, et il s'est mis à l'œuvre.

Je serais tenté même de croire, pour l'excuser un peu, qu'il n'avait pas toute sa raison, car il a évidemment fait une parodie; et il n'a pas songé qu'aux grandes œuvres seules cet honneur étant réservé, il allait ainsi donner au *Lys d'Evreux* un parfum plus exquis, une splendeur plus vive. J'admets donc que le feuilletonniste a voulu faire une parodie ; mais, d'une part, il n'a pas proclamé cette intention ; de l'autre, la parodie, si libre que soient ses allures, ne peut, en aucun cas, citer comme appartenant à l'auteur, des vers arrangés ou composés par elle, lui prêter une détestable poésie, qu'en bonne conscience M. Loyau de Lacy ne pourrait pas s'engager à lui rendre.

Avant d'entrer dans les détails des faits de cette cause, je dois dire quelques mots des antécédents du *Lys d'Evreux*. Il semble qu'il doive être de certaines œuvres, comme de certains hommes qui naissent sous certaine influence. Le *Lys d'Evreux* est né sous une étoile que je me permettrai d'appeler judiciaire. C'est évidemment une étoile fort bonne, à triple titre, pour le public d'abord, qui, grâce à un premier procès, a été témoin d'une plus intéressante représentation ; pour l'auteur, qui doit au second l'honneur de soutenir ses droits devant vous, et pour moi, qui me trouve en présence d'un si illustre adversaire.

Je ne parlerai pas longuement du premier procès, par égard pour deux modesties : celle de M. Loyau de Lacy, qui a triomphé, et celle de M. Lireux, lequel, en homme d'esprit et de goût, — en habile directeur surtout, — a voulu jouer à qui perd gagne, et a été très heureux de voir l'issue de ce combat donner à l'Odéon un grand nombre de spectateurs, et à la pièce un nouveau mérite, celui de la difficulté vaincue.

J'arrive maintenant aux faits de la cause, c'est-à-dire à la lecture du feuilleton du *Constitutionnel* et à celle de la réponse de M. Loyau de Lacy :

§ 2. Où l'on apprend comment M. Rolle a manqué d'esprit.

LE LYS D'ÉVREUX.

Tragédie en cinq actes, de M. Loyau de Lacy.

« M. Loyau de Lacy est ce même auteur tragique qui a rempli long-temps la *Gazette des Tribunaux* du bruit de ses querelles avec l'Odéon, et *le Lys d'Evreux* est cette même tragédie, ballottée d'audiences en audiences, et d'assignations en assignations, qui a fini par trouver un allié dans le tribunal de commerce, par s'ouvrir les portes du Second Théâtre-Français, et par s'y faire un passage à grands coups d'un jugement en bonne forme, redoutable bélier. Nous aimions cette humeur tenace et belliqueuse de M. Loyau de Lacy, et nous en aurions volontiers fait l'essai pour nous-mêmes ; c'était dans cette intention guerroyante que nous avions écrit ces lignes, lundi dernier, en forme de manifeste :

« J'ai bien encore là une tragédie en cinq actes, *le Lys d'Evreux*, qui me sollicite ; mais cette tragédie vient d'être jouée par arrêt du tribunal de commerce, et je me défie des *tragédies judiciaires* ; je ne parlerai donc pas du *Lys d'Evreux*, à moins que l'auteur ne m'assigne à comparoir par devant MM. les président et juges, et que de même qu'il a fait représenter sa pièce, il ne m'oblige à la voir par autorité de justice. »

« La déclaration était positive ; M. Loyau de Lacy ne pouvait pas s'y tromper ; quant à moi, le passé de M. Loyau de Lacy m'annonçait suffisamment ce que je devais attendre, pour le présent, de ses goûts militaires ; je me préparais donc à voir ma citadelle vigoureusement attaquée par le corps d'armée de M. Loyau de Lacy, commandé par un huissier, et je comptais sur un bombardement de papier timbré ; mes mesures étaient bien prises ; mon portier, — sentinelle avancée, — était sur le qui-vive, et devait faire feu à l'approche de l'ennemi ; mes magasins se trouvaient en bon état ; j'avais des vivres et des munitions pour plus d'un an ; mes portes étaient crénelées, barricadées, casematées, et mon escalier miné. Que vous dirai-je ? J'étais résolu à organiser une défense désespérée, et à me faire sauter moi et les miens, à la dernière extrémité, après les prodiges inouïs d'une lutte héroïque, plutôt que d'assister volontairement à la représentation du *Lys d'Evreux* ; on ne m'aurait porté à l'Odéon qu'en lambeaux, tout sanglant, à l'agonie, et j'ose croire que Dieu, qui a quelquefois pitié des pauvres mortels, m'aurait permis de ne pas arriver vivant au Second Théâtre-Français, et de mourir en route de mes larges blessures. Il y a des malheurs qu'on ne peut éviter que par la mort. Plutôt la mort que l'Odéon ! c'est la devise des Français.

« Mais M. Loyau de Lacy n'est pas seulement un grand homme de guerre, c'est encore un fin diplomate ; et non seulement l'Odéon sonne la charge et descend dans la mêlée, mais il exerce aussi l'art subtil de la plus insidieuse politique. Je m'attendais à trouver deux Napoléons dans mes deux adversaires ; je n'y ai trouvé que deux Talleyrands. Je comptais sur des lions, ce sont des serpents que j'ai eu à combattre. Convaincus qu'ils n'auraient pas bon marché de ma personne par la force, ils ont eu recours à l'adresse ; désespérant de vaincre, ils ont séduit. Séduit qui, quand, comment ? Je l'ignore. Toujours est-il qu'un des miens m'a trahi, et a laissé l'ennemi pénétrer dans la place, sans que j'en fusse averti, sans qu'il me fût possible de me mettre en garde ! — Un matin, — l'avenir tressaillera au récit de cette douloureuse histoire. — je goûtais les douceurs d'une sécurité parfaite ; mille pensées riantes voltigeaient devant moi ; il me semblait que le ciel m'inondait de délices et me libérait de l'Odéon pour toujours, quand tout à coup mon regard, poursuivant joyeusement un pâle rayon du soleil qui perçait les nuages sombres, — inestimable trésor dans l'hiver indigent, — mon regard charmé s'attrista soudainement ; il venait de rencontrer, dans sa course errante, un obstacle inattendu. C'était un corps quelconque, revêtu d'un habit couleur café au lait, et qui s'était placé devant lui. En examinant de plus près, je reconnus que j'avais affaire à une brochure de la couleur que je vous ai dite, s'étalant fièrement sur papier satiné. Une forte odeur d'Odéon, mêlée à une odeur de tragédie, s'en exhalait. Joignez-y le parfum du lys... d'Evreux. C'était bien *le Lys d'Evreux*, en effet ; il n'y avait pas à s'y tromper. M. Loyau de Lacy lui-même, qui l'a planté et l'a vû naître, ne l'eût pas renié. Ainsi, ce produit végétal, ce lys, que l'Odéon cultive depuis huit jours, et qui semblait n'avoir poussé et fleuri que pour l'Odéon, est arrivé jusque sur ma terre, et y a pris racine malgré moi. Quel vent m'en a envoyé la graine ?

« Mon premier mouvement, je ne le dissimulerai pas, fut un mouvement de désespoir ; d'abord mon amour-propre de César fut horriblement blessé de voir l'armée ennemie entrer si facilement dans mes redoutes, malgré l'appareil menaçant d'une formidable résistance ; je fus effrayé ensuite de ces secrètes intelligences que l'Odéon entretenait parmi mes serviteurs les plus dévoués, et je me considérai comme un homme perdu et qui n'en réchapperait pas ; peu s'en fallut donc que, dans le premier entraînement de ma rancune, je ne misse le feu à la brochure café au lait, m'ensevelissant, comme une veuve du Malabar, dans la cendre et dans la flamme du *Lys d'Evreux*.

« Cependant, avant d'accomplir ce double sacrifice, — on renonce toujours difficilement à la vie, même à la plus amère, — l'idée me vint de faire connaissance avec *le Lys d'Evreux*, et de me rendre par là l'existence plus insupportable et la mort plus nécessaire. Soulevant alors du doigt la couverture café au lait, je plongeai courageusement le regard dans les profondeurs de la tragédie de M. Loyau de Lacy, comme une victime, sur le point de se précipiter, mesure de l'œil les replis de l'abîme. Mais, — ô prodige ! — peu à peu le nuage sombre qui obscurcissait mon visage se dissipa ; mon sourcil olympien adoucit son froncement terrible ; mon œil perdit sa mélancolie ; ma lèvre rigide sourit agréablement ; ma rate se dilata, et j'éprouvai une émotion de joie indicible, qui m'enleva toute idée de suicide, et me procura un chatouillement intérieur que je veux te faire partager, ô mon cher et bien aimé lecteur, en te conviant à ton tour aux délassements du *Lys d'Evreux.* »

Me Johanet achève la lecture de ce feuilleton interminable, et reprend ensuite :

§ 3. Où l'on apprend pourquoi M. Rolle n'aime pas le Lys d'Evreux.

En vérité, je ne puis comprendre le langage du feuilletonniste ; et d'abord je proteste contre au nom de la vérité. M. Loyau de Lacy est allé lui-même chez le feuilletoniste du *Constitutionnel* ; il lui a offert une loge, que celui-ci a acceptée ; et, de plus, il lui a remis un exemplaire de sa tragédie, en l'avertissant qu'un grand nombre de changements importants avaient été faits à la représentation.

Le feuilletoniste du *Constitutionnel* était donc bien prévenu et n'a pas péché par ignorance. C'est avec toute connaissance de cause qu'il a ridiculisé deux héros, Gysèle et Rollon, lequel, à titre de quasi-homonyme, aurait dû obtenir de lui plus d'égards.

Et puis, comment expliquer que le feuilletonniste ait dédaigné de se déranger, pour remplir un devoir, un devoir rigoureux, celui de critique !

Eh quoi ! doit-on s'écrier en le voyant :

« *Quantum mutatus ab illo!* » Lui qui jadis, étant *National*, se montrait si abordable, si franc, si loyal, quoique sévère ; il devient, en se faisant *Constitutionnel*, hautain, plein de morgue, acariâtre ; il promet de venir, et il reste au coin de son feu, dans sa chaise curule ! Et s'il daigne entr'ouvrir un manuscrit, c'est pour en déformer la poésie et la travestir à son gré !

D'où provient cette méprisante allure ? Le *Constitutionnel* s'installe féodalement dans sa fierté, il regarde les pauvres auteurs comme des vassaux, les acteurs comme d'inintelligentes machines, l'Odéon comme une chaumière dépendant de son château seigneurial, et quand on l'appelle, il ne se contente pas de rester sourd aux prières, il arrive plus tard pour déchirer, pour donner la torture et livrer à ses exécuteurs, c'est-à-dire à des milliers de lecteurs, les lambeaux de sa victime!

En 1845, cela serait fort ridicule, si avant tout ce n'était odieux, et très heureusement les tribunaux sont là pour cicatriser de telles plaies.

Quels étaient donc les crimes de M. Loyau de Lacy et de l'Odéon?

Je vais vous le dire en peu de mots :

M. Loyau de Lacy ne s'est pas borné à couvrir son manuscrit d'un papier *café au lait*, dont la couleur a tant déplu au feuilletonniste du *Constitutionnel*; il a donné à son œuvre le nom de *Lys d'Évreux*.

Le *Lys!...* mais rien que cela a dû faire hurler le *Constitutionnel!* Le *Lys* et lui, c'est tout un contraste : le feu et l'eau, le blanc et le noir. Donc la tragédie de M. de Lacy a été jugée, que dis-je? condamnée sur son seul titre.

Enfin, M. Loyau de Lacy est un jeune homme aux mœurs austères, aux convictions monarchiques et religieuses; son œuvre est empreinte de toutes les pensées et de tous les sentiments que les bons principes peuvent inspirer. Or, il faut bien le reconnaître, le *Constitutionnel* n'a pas précisément été fondé pour soutenir ceux qui, comme M. Loyau de Lacy, marchent invariables dans cette voie. La place occupée d'ordinaire par le *Juif Errant* ne pouvait guère recevoir un vers comme celui-ci :

C'est peu de croire au Christ, il veut être imité.

Le *Constitutionnel* n'est pas prédicateur de la morale évangélique; son feuilletonniste a donc subi ses exigences en se ruant sur la pièce, en donnant à un dialogue idéal, parfois familier, mais tout-à-fait dans la situation, une tournure vulgaire et parfaitement sotte. Il lui fallait, à tout prix, amuser les lecteurs du *Constitutionnel*, et comme l'œuvre de M. de Lacy est bien plus intéressante que bouffonne, il l'a travestie à sa manière et l'a défigurée avec intention. — Il a donc commis non seulement un mauvais feuilleton, mais une mauvaise action dont les âmes honnêtes se sont généralement indignées.

Après vous avoir démontré que M. de Lacy et son œuvre ne devaient pas personnellement plaire au *Constitutionnel*, ne faudrait-il pas rechercher la cause de la haine de son feuilletonniste pour l'Odéon?

§ 4. Où l'on apprend pourquoi M. Rolle n'aime pas l'Odéon.

Il y a très peu de temps encore, ce feuilletonniste était un des habitués, un des heureux habitués, un des énergiques soutiens de ce théâtre; il ne cessait d'applaudir ceux qu'aujourd'hui il se complait à nommer ironiquement de grands acteurs et de grandes actrices; d'encourager le zèle *infatigable* du directeur, et il voyait des succès partout même où celui-ci ne pouvait en voir.

Il en vit un surtout très positivement pour certaine pièce dont je ne dirai pas le nom, par respect pour les morts. L'auteur, *quel qu'il soit*, tenait beaucoup au succès; le feuilletonniste du *Constitutionnel* n'y tenait pas moins. Or, cette pièce était très immorale, très ennuyeuse et digne à ce double titre des sifflets. Elle en obtint autant qu'elle en avait mérités. Elle tomba, et M. Lireux dut reconnaître le tort qu'il avait eû de ne pas résister à d'innombrables instances. Toutefois, il fut encore tellement entouré, assiégé, qu'il consentit à une seconde représentation.

En vain toute une légion d'applaudisseurs essaya-t-elle de galvaniser ce cadavre; le public, dégoûté, le rejeta dans la tombe. M. Lireux reçut alors tant de lettres suppliantes, pressantes, qu'il osa manquer une troisième fois au public, en consentant à exposer ces débris mutilés sur la scène. Cette fois, on jeta les cendres au vent, et maintenant il n'en reste plus qu'une ombre errante, acharnée, furibonde, qui, le pamphlet à la main, voudrait détruire le lieu où fut accomplie trois fois sa défaite méritée. *Cette forte odeur d'Odéon* est donc plutôt une odeur funéraire qu'on ne peut plus tolérer, et dont on veut se venger contre le théâtre.

Voilà l'histoire de la terrible rancune contre l'Odéon, voilà pourquoi le *Constitutionnel* ne veut plus remettre les pieds là où il s'est assis long-temps, en ami intime, presque en frère, au foyer domestique.

Il m'a fallu à mon grand regret (mais dans une affaire de cette nature, c'était une vraie nécessité) initier la justice à ces détails trop vrais, montrer en quelque sorte les ficelles et les intrigues des coulisses du feuilleton qui, à ce qu'il paraît, est quelquefois un théâtre, et rendre à une critique sa véritable valeur.

Ici, Me Auguste Johanet a continué à lire, phrase par phrase, le feuilleton dont il a fait successivement ressortir les citations tronquées et les commentaires si évidemment empreints du désir de nuire. Nous regrettons de ne pouvoir reproduire sa discussion tour à tour spirituelle, incisive et grave, qui a porté la conviction chez tous les auditeurs. Il a démontré que la critique avait dépassé toutes les bornes, et qu'elle s'était plu à faire du feuilleton un libelle interprète d'une jalousie ou d'une animosité sans motif; qu'elle avait méconnu tous ses devoirs. Il a insisté spécialement sur l'intention qui avait dicté les changements, les altérations, les transpositions, soit dans l'action principale de la pièce, soit dans les caractères des personnages, soit enfin dans les vers et le dialogue.

Enfin, et comme pour mieux couronner son habile discussion, il a donné lecture de la lettre suivante, objet du procès et dont le *Constitutionnel* a refusé l'insertion :

§ 5. Où l'on apprend comment M. Rolle a fait des fautes d'attention.

A Monsieur le feuilletonniste du *Constitutionnel*, l'auteur du *Lys d'Evreux*.

Vous me rendez fier, monsieur, moi, pauvre débutant dans la carrière des lettres dramatiques, d'obtenir du premier, du plus austère de nos critiques, une attention aussi bienveillante... un feuilleton de huit colonnes, et quel feuilleton!... J'en ai gravé dans ma mémoire jusqu'au dernier mot. Il recevra de moi l'honneur qu'Horace veut que nous fassions aux écrits des maîtres :

Nocturnâ versate manu, versate diurnâ.

Mais, tout remarquable que soit cet article, vous l'avez écrit trop vite. Il est besoin de porter la lime sur quelques passages. Je m'adresse à un homme qui sait ce qu'il vaut, qui a le sentiment de son mérite et de sa gloire. Corrigez ce feuilleton, monsieur; élevez à la dignité de chef-d'œuvre ces pages, qui seront votre premier titre à l'estime. Vous me permettrez d'être votre guide; j'ai votre feuilleton sous les yeux, et j'en entame l'examen.

Le préambule pétille d'esprit : c'est un défaut ; la vérité n'aurait pas autant de malice. Pourquoi ces fables ? Je suis allé vous voir, et ne me suis point aperçu que votre Olympe fût inaccessible. Je n'eus point affaire à un Jupiter, mais à un homme fort simple, fort terrestre, qui accepta de ma part une loge, avec la condition de venir à l'Odéon entendre ma pièce ; qui n'y vint pas ; qui disposa de la loge en faveur de ses amis ; qui fit sa critique sans connaître l'œuvre...

— « Sans connaître l'œuvre ; vous m'aviez présenté votre pièce. » — En vous prévenant, monsieur, que *le Lys d'Évreux* imprimé ressemblait fort peu au *Lys d'Évreux* représenté, j'avais fait tirer, pendant les répétitions, une vingtaine d'exemplaires de ma tragédie. On m'indiqua des fautes, des longueurs ; de là des corrections. Vous les auriez appréciées, s'il vous eût été possible de vaincre votre répugnance pour un voyage à l'Odéon. D'ailleurs, un Aristarque aussi instruit peut-il ignorer qu'une pièce se juge à la scène, et non dans un livre ?

— « Dans un livre, répondez-vous, les vers paraissent tels qu'ils sont, et la déclamation est un prestige dont je me défie. » — Tels qu'ils sont ! je pouvais le croire jusqu'ici ; mais en lisant votre feuilleton, monsieur, je vois, au contraire, que les vers dans un livre paraissent ce qu'ils ne sont pas. Allons aux preuves.

Je suis l'auteur de ces vers :

> Mon cœur comprend le vôtre et s'unit à *vos* larmes ;
> Mais au livre du sort l'instinct de *nos* alarmes,
> Ne sait pas toujours lire, et souvent *notre* esprit
> S'accable d'un malheur qui n'y fut pas écrit.

Et voici ceux que vous m'imputez :

> Mais au livre du sort l'instinct de nos alarmes
> Ne sait pas toujours lire, et souvent *votre* esprit
> S'accable d'un malheur qui n'y fut pas écrit.

Remarquez ce changement d'un N en V, changement qui transforme une maxime au moins passable en ce qu'il y a de plus inepte comme pensée, de plus déplorable comme poésie.

— « Tant de bruit pour une consonne ! c'est une faute d'attention. » — Je suis heureux que vous me fournissiez ce terme ; j'aurais été on ne peut plus embarrassé pour caractériser ce genre d'erreurs.

Passons outre et calculons :

SECONDE FAUTE D'ATTENTION.

Vous avez lu :

La mère a survécu, mais en rouvrant les yeux
De les rouvrir, hélas ! elle accusait les cieux.

La mère a survécu. C'est le style d'une portière. Aussi avais-je écrit ces vers :

Sa mère survécut, mais en rouvrant les yeux, etc.

TROISIÈME FAUTE D'ATTENTION.

Celle-ci est plus sérieuse ; et je pense même qu'elle paraîtrait difficilement digne d'indulgence. Mais pour en faire comprendre la gravité, je suis forcé de citer plus de vers que votre plume n'en défigure.

ROGER.

Rollon, ce conducteur de pirates farouches,
Rollon, dont l'anathème est dans toutes les bouches,
Persécuteur de Dieu, fléau du genre humain,
Rollon, aimer ma sœur et demander sa main !

HAROLD.

Qu'entends-je ?

ROGER.

Il me rendra raison de cette insulte.

HAROLD.

De tes esprits, jeune homme, apaise le tumulte.
Songe....

ROGER.

Chassez d'ici cet importun frêlon.

HAROLD.

O rage !

ROGER.

Va porter ma réponse à Rollon;
Va d'un défi mortel lui présenter ce gage.
(Il jette son gantelet.)
Demain nous nous verrons.

Or, monsieur, voici comment vous rendez compte de ce passage, que le public a eu la sottise de trouver fort à son goût :

« L'orgueil d'Harold gâte tout. L'offre conjugale de Rollon est rejetée par le comte et par son fils. Chassez! s'écrie Roger, en désignant Harold,

Chassez, chassez d'ici cet importun frêlon.
Va porter de ce pas ma réponse à Rollon.
O rage! » réplique Harold.

Admirons ces trois *chassez*, le *de ce pas!* Il faut bien des ressources dans l'esprit pour faire le métier de critique. Ces deux vers sont parfaitement ridicules; je suis de votre avis; mais c'est vous, monsieur, qui en êtes le père.

QUATRIÈME FAUTE D'ATTENTION.

Harold dit à Roger :

.... Vois des Français combien nous différons!
Le titre de hérault, toujours nous l'honorons;
Vous, dont la nation inscrit sur ses bannières :
« J'ai le sceptre des mœurs et celui des lumières... »

Lisons votre version :

« Eux dont la nation inscrit sur ses bannières
« J'ai le sceptre, etc. »

Comme cet *eux* est aimable!

CINQUIÈME FAUTE D'ATTENTION.

En citant simplement ces vers que le comte adresse à sa fille :

De tes charmes tu sais quel éloge on publie?
Par ta pudeur encor ces charmes embellis
T'ont jusqu'ici d'Évreux fait surnommer le *lys*.

vous n'auriez déridé le front de pas un de vos abonnés ; or, il faut que l'abonné s'égaie, donc cette citation :

« Vous êtes impatient de voir Gyselle, et je le comprends, Gyselle que

. . . . Ses charmes embellis
Ont jusqu'ici d'Évreux fait surnommer le lys.

On ne saurait vous rendre trop de grâces pour la délicatesse de cette réticence.

SIXIÈME FAUTE D'ATTENTION.

Produit accoutumé d'une pénible veille,
Plus d'un son fantastique oppressa son oreille.

Opressa *son* est une cacophonie passablement rude ; aussi n'est-elle pas de moi, et je me plais à vous la rendre ; j'ai écrit :

Plus d'un son fantastique oppressait mon oreille.

SEPTIÈME FAUTE D'ATTENTION.

Gyselle dit à Rollon :

Oh ! reviens à ton Dieu, reviens, enfant prodigue !

Bath ! c'était presque un beau vers; vite un travestissement ! on lira dans votre article :

Oh ! reviens à mon Dieu, reviens, enfant prodigue !

Je remarque, monsieur, quel parti vous savez tirer du changement d'une lettre.

HUITIÈME FAUTE D'ATTENTION.

Je suis encore ici forcé, monsieur (c'est un malheur, mais vous en êtes la seule cause), d'offrir à vos lecteurs un passage que vous vous seriez bien gardé de transcrire dans son intégralité :

Va ! dans l'adversité qui suivra cet hymen
Dieu se montre ; je vois l'ouvrage de sa main.

Quel crime a-t-il puni comme il punit ma faute?
Il me laisse le jour! ah! plutôt qu'il me l'ôte!
Mais non, quand de notre âme il brise les ressorts,
C'est qu'il a de sa haine épuisé les trésors;
Il me condamne à vivre, hélas! de sa colère,
Pour les enfants ingrats, monument exemplaire.

Votre excuse, monsieur, c'est que nous sommes dans un temps où les travestissements sont permis. Vous avez donc cru pouvoir vous exprimer ainsi sur ce passage :

« Rollon se glisse au milieu des remords de Gyselle et s'approche timidement, dit M. Loyau de Lacy. Je te suis odieux, ô Gyselle! dit-il, avec un accent qui déchire l'âme : mais Gyselle ne se plaint pas ou se plaint peu; elle s'en rapporte à Dieu :

Oui! quand Dieu de notre âme a brisé les ressorts,
C'est qu'il a de sa haine épuisé les trésors.

Oui, quand Dieu, etc.

Encore un de vos vers; ah! monsieur, soyez critique; mais, au nom des oreilles que vous charmez par votre prose, ne vous mêlez pas de travailler à la poésie!

NEUVIÈME FAUTE D'ATTENTION.

J'atteste. — L'innocence a l'accent toujours ferme.

A tout le monde ce vers paraîtrait fort euphonique; mais vous avez de si singulières idées sur l'euphonie! Vous avez donc corrigé et écrit :

L'innocent a l'accent toujours ferme.

Prononcez l'innocent *ta*, ce qui sera d'une douceur exquise.

DIXIÈME FAUTE D'ATTENTION.

Ma plume se lasse, et la vôtre ne s'est point lassée. Au quatrième acte, Rollon, indigné des imprécations du comte, s'élancerait sur lui, si Gyselle ne se montrait disposée à défendre son père. Il s'arrête et dit, les dents serrées par la colère :

Un tel outrage
De ma fureur sans doute a provoqué l'orage,
Devant mes officiers traité !...
(Gysèle lui adresse un regard suppliant.)
Rassurez-vous :
D'un vieillard malheureux j'excuse le courroux.
(Il se tourne vers les Normands.)
Suivez-moi : la nature inspire ce beau zèle
Je dois tout pardonner au père de Gysèle.

Et, au théâtre, cette fin de scène fut couverte d'applaudissements. Je suis bien persuadé que vos abonnés ne l'ont pas applaudie. Voici le plat que vous leur avez servi :

« Cependant Rollon y met de la magnanimité et du sang-froid, bien que le comte l'ait traité indignement :

Devant mes officiers traité... Rassurez-vous.
D'un vieillard malheureux *excusez* le courroux.
Suivez-moi : la nature inspire ce beau zèle ;
Je dois tout pardonner au père Gysèle.

Votre *excusez* est une invention on ne peut plus heureuse. Ce qui n'est pas moins heureux, c'est d'avoir fait croire que ces quatre vers s'adressent au même personnage.

ONZIÈME FAUTE D'ATTENTION.

Encore un changement de lettre, et d'où naît, bien entendu, la plus insigne balourdise. Le comte dit à sa fille :

Je suis ton père : ainsi Dieu ne proscrira pas
La malédiction que j'attache à tes pas.

Un *E* pour un *O !* vous lui faites dire :

Ainsi Dieu ne *prescrira* pas, etc.

DOUZIÈME FAUTE D'ATTENTION.

Reddite Cæsari quæ sunt Cæsaris. Je vous remets donc en pleine possession de ces vers que personne n'a vus dans ma pièce :

Pour qu'un reptile encor distillant mon trépas,
A mon prochain sommeil ajourne ses morsures.

Je regrette, assurément, de n'en pas être l'auteur : ils m'ouvriraient l'Académie.

Douze fautes d'attention, Monsieur (c'est un terme convenu)! douze fautes d'attention sur quinze citations que vous avez faites! N'ai-je pas raison de vous conseiller de revoir votre article; car, enfin, par suite de ces fautes d'attention si multipliées, ce ne sont pas mes vers que vous critiquez, ce sont les vôtres. *Le Lys d'Évreux*, qui vous a mis dans un tel accès d'hilarité, n'est pas le mien; c'est le vôtre, Monsieur; vous riez, en un mot, de vos propres œuvres. Vous dites que je débute par un coup de maître; je renvoie cet éloge à qui de droit, par conséquent à vous seul.

Vous m'apprenez à être juste; aussi, Monsieur, Dieu me garde de ne pas considérer comme un modèle de style les réflexions si plaisantes dont vos citations sont assaisonnées! Voilà enfin la critique; la vraie critique. On la retrouve telle que Voltaire l'employait vis-à-vis de Jean-Jacques et de la Bible. Elle mord, mais si doucement qu'elle provoque le sourire plus que la plainte. Elle verse un peu de fiel (convenez que vous en versez un peu); mais c'est avec une grâce infinie, et j'accepte le vôtre comme un véritable miel.

Vous avez, il faut l'avouer, d'étranges confrères. Le jour même où paraissait votre article, plusieurs journaux à grand format (je sais que vous tenez fort peu de compte des sentiments de la petite presse), parlaient du *Lys d'Evreux* comme d'une œuvre sérieuse; en faisaient l'examen; employaient, pour blâmer, un ton calme et digne, et plaçaient l'éloge à côté du blâme. Voilà bien des gens qui vont s'accuser de ne pas s'y connaître. Mais quel embarras pour le public! comment s'y prendra-t-il pour concilier leur approbation et vos railleries! Fi donc? vous l'avez habitué à ne jamais douter ni de votre impartialité, ni de l'équité de vos décisions. Je voudrais voir que vos paroles ne fussent pas reçues avec le même respect que des oracles! Est-ce que je ne donne pas l'exemple? Sur votre affirmation, je me considère déjà comme un crétin littéraire; j'ai honte d'avoir écrit une pièce qu'on a applaudie, mais par pitié, par ignorance; je me crois indigne de prétendre aux lauriers poétiques; je me condamne au simple labeur de la prose, et, renonçant à feuilleter Corneille et Racine, je me bornerai à étudier vos ouvrages... pourvu que vous consentiez à m'indiquer, Monsieur, chez quel libraire on se les procure.

Agréez, monsieur, l'assurance de ma parfaite considération,

LOYAU DE LACY.

§ 6. Où l'on apprend que le Lys d'Evreux n'a pas tort de se plaindre de M. Rolle.

Après cette lecture, constamment écoutée avec une attention et un intérêt visibles, Mᵉ Auguste Johanet aborde la question de principe, et soutient que le droit d'insertion subsiste tout entier pour l'auteur qui est cruellement, injustement attaqué dans sa personne, dans son nom, dans sa propriété, dans son talent, et que si la critique peut être parfois dure, insistante, elle ne doit jamais être acrimonieuse à ce point de sacrifier la réputation, le présent, l'avenir et peut-être toute la fortune d'un auteur, en lui prêtant, à force de travestissements et de mutilations, une œuvre toute différente de celle qu'il a produite, et dont un assez grand nombre de représentations ont d'ailleurs assuré l'incontestable succès.

Il établit, d'une part, que l'on ne saurait attribuer aucune partie de ce feuilleton à des fautes typographiques, et, de l'autre, que le *Constitutionnel* n'a pas fait un feuilleton relatif à la pièce, mais contre la pièce, parce que, outre des motifs trop réels de jalousie, l'auteur du feuilleton a voulu se moquer d'une composition dramatique dont les principes et les sentiments ne sont nullement en rapport avec ses tendances et ses efforts quotidiens.

Mᵉ Auguste Johanet ajoute :

Que si, dans la lutte acharnée des partis, certains hommes, trop sûrs de l'impunité, se croient le droit d'insulter les vaincus, de calomnier leurs contemporains, de propager, soit dans les journaux, soit dans les cours publics, des doctrines corruptrices, ah ! du moins que des sarcasmes injustes et de déloyales satyres n'aillent pas décourager d'honorables auteurs ! Que les écrivains consciencieux, dont les travaux incessants ont pour but unique d'emprunter à l'histoire des événements qui n'offensent ni la morale, ni la saine littérature, puissent en paix débuter dans la carrière, se perfectionner et doter leur pays de remarquables productions !

Une tragédie en cinq actes et en vers, du genre du *Lys d'Evreux*, est une œuvre qui, certes, méritait au moins d'être jugée après une représentation, ainsi qu'elle l'a été par les critiques les plus distingués, entre autres MM. Merle, Hippolyte Lucas, qui se sont plu à y reconnaître de grandes beautés, et à donner à l'auteur d'excellents conseils dont il profitera.

Souvenez-vous d'ailleurs, Messieurs, qu'à son origine, cette pièce fut *reçue à l'unanimité* par le comité, et que si un procès est intervenu à son sujet, ce fut pour une question de temps, et nullement parce qu'on voulait contester son mérite ; songez enfin qu'hier encore elle était jouée et applaudie.

Il semble donc qu'en présence de l'importance littéraire du *Lys d'Evreux*, de sa valeur dramatique, un feuilletonniste pouvait prendre la peine de la juger après l'avoir entendue...

Pourquoi, au moins, le *Constitutionnel* n'a-t-il pas admis, comme contenant en certain nombre les *errata*, la lettre de M. de Lacy, qui, en outre, rappelait à l'auteur du feuilleton le véritable sens de sa poésie mutilée ?

La lettre de M. de Lacy est non seulement très modérée, très digne, très spirituelle, elle est moins longue que le feuilleton du *Constitutionnel*, et celui-ci, aux termes de la loi, aurait donc dû admettre immédiatement la réclamation de M. de Lacy.

Celui-ci lui exposait poliment ses *fautes d'attention* ; or, sans déroger, le *Constitutionnel* pouvait les reconnaître. Que dis-je ? le *Constitutionnel* avouer qu'il a commis des fautes d'attention ?... mais, son orgueil, son autorité, auraient mieux aimé donner le prix de cinq cents de ses lecteurs à M. Loyau de Lacy, si ce dernier eût pu accepter un pareil marché !

En indemnisant, par votre arrêt, M. Loyau de Lacy des tribulations dont il a été assailli, vous comprendrez la situation que je viens de vous signaler, et vous donnerez à certains feuilletonnistes une utile leçon. Vous leur prouverez que la justice est là pour délimiter les pouvoirs qu'ils s'arrogent, et quand ils s'écartent des bornes, leur dire : « Vous n'irez pas plus loin ! » à réparer le tort de leur coupable conduite.

Vous condamnerez donc le *Constitutionnel*, non pas à aller voir le *Lys d'Evreux* (car cela lui donnerait des remords qui ressembleraient trop aux dommages auxquels M. Loyau de Lacy renonce), mais à insérer la réponse que, dès l'origine, il aurait dû s'empresser d'accueillir.

§ 7. Où l'on apprend que c'est le prote de M. Rolle qui a fait des fautes d'impression.

Me Philippe Dupin a plaidé pour le *Constitutionnel* avec tout le talent et la verve qu'on lui connaît. Il a essayé de démontrer que l'intention de M. Rolle était pure, et que l'imprimerie du *Constitutionnel* était seule responsable de ce qu'il a voulu attribuer uniquement à des fautes typographiques ; il a soutenu ensuite qu'en principe le droit d'insertion n'appartenait pas à un auteur qui n'était pas nommé à cause de lui, mais à cause de son œuvre.

§ 8. Où l'on apprend comment M. Rolle a passé un moment pénible.

M. de Royer, avocat du roi. — Messieurs, ce procès a son importance ; il n'est pas indifférent pour l'homme de lettres qui vit de sa renommée, de savoir jusqu'où va la limite de la critique et où s'arrête ce qu'on appelle des fautes d'attention dans la reproduction par courts fragments d'une œuvre littéraire. On vous a lu le feuilleton ; on vous a lu la réponse. Vous avez à décider si, aux yeux de la loi, l'un a justement provoqué l'autre.

M. l'avocat du roi se livre à l'éloquente appréciation des citations incriminées. Quelques unes des variantes lui paraissent légères et partant peu capables, soit de défigurer l'œuvre, soit de provoquer la susceptibilité de l'auteur ; mais d'autres lui semblent plus graves et ne pouvoir être mises sur le compte de l'erreur ou du défaut d'attention. Il faut ajouter que, dans son feuilleton, l'auteur a le soin de dire lui-même, qu'il a lu la pièce, mais qu'il ne l'a pas vu représenter ; ce qui exclut l'idée que son oreille ait pu prendre un mot pour un autre.

Il faut tout de suite, dit l'avocat du roi, faire à la cause la part qui lui appartient. La pièce a été reçue, elle a été jouée. Les feuilletonnistes ont eu le droit de l'apprécier, mais à leurs risques et périls. La critique peut être sévère, amère même, mais elle ne peut devenir tellement cruelle qu'elle entame la vie privée. Alors l'auteur a le droit de recourir à la loi sur la diffamation ; mais il ne s'agit pas dans la cause de diffamation, il s'agit d'un autre droit écrit dans l'art. 11 de la loi de 1822, étendu dans la loi du 9 septembre 1835. D'après ces lois, il faut avoir été nommé, désigné, pour avoir le droit de réponse. En conclura-t-on que ce droit doit s'appliquer aveuglément, d'une manière absolue ? Non, il faut un lien entre l'article et la réponse, et ce lien se trouve lorsque l'article a dépassé certaines bornes.

Or, lorsqu'un homme a été nommé, apprécié, discuté dans son œuvre, comment pourrait-on dire, *quand il a à signaler des erreurs, des fautes volontaires, des actes de mauvais vouloir,* qu'il n'a pas intérêt à répondre?

Dans l'espèce, nous disons que M. de Lacy avait intérêt à répondre. C'est l'homme attaqué qui peut seul apprécier le degré d'intérêt qu'il doit attacher à sa réponse. Vous, Messieurs, vous n'êtes pas juges de ce point, mais vous êtes juges de la question de savoir si cette réponse ne contient rien d'injurieux pour la personne à qui elle s'adresse, ni pour des tiers, et si elle se lie essentiellement à l'article dont on se plaint.

M. l'avocat du roi invoque à l'appui de sa doctrine l'opinion de M. Chassan, et conclut contre M. Charles Merruau, gérant du *Constitutionnel*, à l'application de l'art. 11 de la loi du 15 mars 1822, et de l'art. 17 de la loi du 9 septembre 1835.

Après une courte réplique de Me Philippe Dupin, le tribunal remet à huitaine pour le prononcé du jugement.

Le jeudi, 13 mars 1845, le tribunal, sur les conclusions conformes de M. de Royer, avocat du roi, a prononcé le jugement suivant :

« Attendu qu'aux termes de l'art. 11 de la loi du 25 mars 1822, toute personne nommée ou désignée dans un journal a le droit de répondre, et que la réponse doit être insérée toutes les fois qu'il existe un rapport entre elle et l'article qui l'a provoquée, sous la seule réserve qu'elle ne contienne rien d'injurieux ou de contraire aux lois ;

« Attendu que Loyau de Lacy, auteur du *Lys d'Evreux*, a été nommé, désigné et apprécié personnellement, à plusieurs reprises, dans le feuilleton du *Constitutionnel* du 27 janvier 1845 ;

« Attendu que si la critique sérieuse doit pouvoir s'exercer librement, et si elle ne peut donner lieu que très difficilement (aussi sévère qu'on la suppose) à des plaintes en diffamation de nature à être accueillies par les tribunaux, le droit de la critique, *alors surtout qu'elle s'appuie sur des citations et extraits inexacts*, ne peut aller jusqu'à dépouiller celui qui en est l'objet du droit de réponse qui est consacré sans distinction par la loi, et n'est que l'exercice du droit naturel et légitime de défense ;

« Attendu, dès lors, que Loyau de Lacy est fondé, en droit et en fait, à réclamer l'insertion de sa réponse dans le *Constitutionnel;*

« Qu'en ne satisfaisant pas à la sommation à lui faite, le 1er février 1845, le gérant du *Constitutionnel* a contrevenu aux dispositions de la loi du 25 mars 1822;

« Faisant application de cet article, condamne Merruau, en sa qualité de gérant du *Constitutionnel*, à 50 fr. d'amende et aux dépens;

« Ordonne que, dans les trois jours du présent jugement, il sera tenu d'insérer dans son journal la réponse dont s'agit, sinon et faute par lui de ce faire dans ledit délai, et icelui passé, le condamne à payer 5 fr. par chaque jour de retard. »

Le *Constitutionnel* rappela en Cour royale de l'arrêt prononcé par le tribunal de première instance, et, dix jours après, M. Rolle, se nommant alors en toutes lettres, fit paraître le feuilleton dont nous donnons ci-contre la première partie, feuilleton auquel M. Loyau de Lacy répondit immédiatement. Le refus de la part du *Constitutionnel* d'insérer cette nouvelle réponse, devient en ce moment l'objet d'un nouveau procès qui sera jugé le 24 avril.

§ 9. Où l'on apprend en quel style M. Rolle se fâche.

FEUILLETON DU CONSTITUTIONNEL DU 17 MARS 1845.

Le Feuilleton et le Tribunal.

Le fait est certain ; le tribunal a proncé l'arrêt ; le jugement est en bonne forme, et le *Lys d'Evreux* triomphe ; nous le félicitons bien sincèrement de la joie que ce succès judiciaire doit lui causer ; peut-être vaudrait-il mieux, pour une tragédie, réussir devant le parterre qu'au Palais-de-Justice ; mais en ce bas monde, on réussit où l'on peut et comme on peut ; quant à nous, en toute sincérité, nous respectons profondément le tribunal et les juges, et nous sommes entièrement de l'avis de Beaumarchais qui s'écrie quelque part : « La belle chose que la justice ! » Nous n'ajouterons pas même comme lui : « Quand elle est juste. » Nous soumettant donc avec la plus complète abnégation et dans le genre stoïque, à la sentence portée contre nous par la vieille Thémis, l'équitable déesse, nous aurions, de grand cœur, procédé à l'insertion de la lettre du *Lys d'Evreux* convaincus que nos lecteurs qui connaissent déjà ce que valent les vers, seraient ravis d'avoir un échantillon de la prose ; mais à côté de ce désir sincère d'en finir d'un seul coup avec le *Lys* en question, et de lui procurer immédiatement toute la satisfaction imaginable, il y a un obstacle très sérieux qui nous retient et nous arrête ; et en effet, il ne s'agit pas seulement ici d'une affaire particulière entre une mauvaise tragédie et un feuilleton ; cela ne vaudrait pas la peine de s'en occuper plus longtemps ; la question, au contraire, s'agrandit de toute l'importance d'un intérêt général ; c'est le droit de la critique et la liberté d'examen qui sont mis en jeu et menacés ; la critique, et je ne parle pas seulement de celle qui s'occupe plus spécialement des choses du théâtre, mais de celle qui sonde les profondeurs de l'art, de l'histoire, de la science, de la philosophie : la critique pourra-t-elle encore s'exercer librement dans toute l'étendue de sa noble mission, ou bien va-t-elle être obligée de se restreindre, de s'effacer, de changer sa vigueur en faiblesse, sa sincérité en mensonge, son courage en pusillanimité, et de mettre bas les armes devant la vanité de tous les méchants poètes, de tous les méchants prosateurs, de tous les méchants savants, de tous les méchants artistes, qui vont lui signifier des répliques par huissier, proclamer l'excellence de leurs méchantes œuvres par autorité de justice, et échafauder des assignations, des procès et des amendes sur une faute d'impression, sur un L qui se sera glissé par mégarde à la place d'un S? Or, telle est la véritable situation que le procès dont nous sommes les héros, annonce à la critique, que le jugement rendu par la septième chambre semble lui promettre; et ainsi le *Lys d'Evreux*, qui est peu de chose par lui-même, ou plutôt qui n'est rien, moins que rien, s'est fait sans s'en douter, sans le vouloir, une importance tout-à-fait indépendante de sa valeur personnelle, et qui vient seulement de la gravité du droit qu'il attaque et de la question qu'il soulève. Le *Lys d'Evreux* et le jugement qui l'escorte, tendent, en effet, tout simplement à entraver, à rendre difficile, impraticable, impossible, une liberté dont l'esprit français a joui complètement et sans obstacle, dans les temps même où les autres libertés étaient le plus méconnues, sous Louis XIV, par exemple, et sous Napoléon, la liberté de la critique littéraire!

Dans cette circonstance on ne s'étonnera pas que nous sacrifiions à une question si sérieuse, à une cause qui est celle de l'esprit, la joie que nous ressentirions à faire jouir dès aujourd'hui les abonnés du *Constitutionnel* de la prose épistolaire du *Lys d'Evreux*, et que nous ayons recours à l'appel. Puisqu'on m'a nommé dans cette affaire et qu'on m'a fait l'honneur de me placer à côté de mon ami et collaborateur Charles Merruau, n'est-ce pas juste d'ailleurs qu'on m'entende à mon tour? N'ai-je pas des explications à demander et des éclaircissements à donner? Et ne convient-il pas qu'avec tout le respect dû à la sentence et à la conscience du juge, j'examine l'arrêt ou plutôt je signale ses conséquences fatales, dont le tribunal, tout éclairé qu'il soit, n'a peut-être pas suffisamment pressenti et prévu le péril. Parmi mes adversaires, je m'adresserai d'abord à Mᵉ Auguste Johannet, défenseur et admirateur du *Lys d'Evreux*.

Mᵉ Auguste Johannet est un orateur dangereux, un dialecticien redoutable. A propos d'un procès où l'adversaire base sa poursuite et sa plus terrible accusation sur quelques fautes d'impression, Mᵉ Auguste Johannet a trouvé moyen de parler, avec beaucoup d'éloquence, de la religion et de la monarchie. C'est tout-à-fait la grande manière des Démosthènes qui, devant s'expliquer sur le *fait d'un chapon*, remontent à la naissance du monde. De ce que mon imprimeur et mon prote avaient mis un S à la place d'un M, un T au lieu d'un E, Mᵉ Auguste Johannet a conclu que j'étais un athée et un régicide; il m'a reproché aussi d'avoir traité avec peu de révérence le *Lys d'Evreux*, parce que le lys, a-t-il dit, inspire au *Constitutionnel* et à moi une répugnance invincible; le mot est joli; mais je ne sais où Mᵉ Auguste Johannet a pris cette conviction, quant à ce qui me regarde; je ne lui ai pas fait confidence de mes prédilections en horticulture; j'avouerai même volontiers, pour l'édification de Mᵉ Auguste Johannet, que le lys me plaît beaucoup; j'aime sa blancheur, sa pureté, la mollesse de sa taille flexible; la grâce mélancolique de sa tête penchée; mais il y a lys et lys; et Mᵉ Auguste Johannet me permettra peut-être bien de choisir mes fleurs.

J'ai écrit ma critique sur la pièce imprimée, c'est-à-dire en ayant le *Lys d'Évreux* sous le nez; n'était-ce pas la meilleure manière de le sentir et d'apprécier son parfum? Eh bien! Mᵉ Auguste Johannet m'en fait un crime; il prétend que j'aurais dû aller à l'Odéon pour assister à la représentation du *Lys*. Je désirerais cependant être libre d'entrer ou de sortir, sans que Mᵉ Auguste Johannet et les tribunaux intervinssent. Toutes les fois que Mᵉ Auguste Johannet plaidera, faudra-t-il que j'aille à l'audience?

Mᵉ Auguste Johannet assure que le jour où j'ai manifesté peu de tendresse pour *le Lys d'Evreux*, j'ai été dur et ingrat, ce sont ses expressions; il ajoute même que ce jour-là je n'avais pas le plein usage de ma raison. Voilà des termes peu attiques pour un avocat qui a joué tout à l'heure si agréablement sur le *Lys d'Evreux* et sur le lys monarchique. Mᵉ Auguste Johannet a dit que les *journalistes* étaient *journaliers;* ceci a encore l'apparence d'un aimable calembourg; il paraît qu'on peut en dire autant des grands avocats.

Je demanderai cependant à Mᵉ Auguste Johannet ce qu'il entend par ce mot *injuste*. Si Mᵉ Auguste Johannet trouve qu'on est injuste en n'admirant pas *le Lys d'Evreux*, il est clair qu'admirer Corneille ou Shakspeare est aussi le comble de l'injustice. Pour Mᵉ Auguste Johannet, il admire *le Lys;* Mᵉ Auguste Johannet est le *justum tenacem*. Tous les goûts sont dans la nature; et je ne citerai pas pour cela Mᵉ Auguste Johannet en police correctionnelle.

« Je n'avais pas le plein usage de ma raison », soit. Je suis trop poli pour riposter du même ton à Mᵉ Auguste Johannet. Je lui proposerai seulement d'assembler un conseil de famille, moitié avocats, moitié critiques. Nous comparaîtrons devant lui, tous les deux, Me Auguste Johannet et moi ; on lira *le Lys d'Evreux*, et je puis prédire à Me Auguste Johannet que si on envoie ensuite quelqu'un à Charenton, ce ne sera pas moi.

J'ai voulu arrêter méchamment l'auteur du *Lys d'Evreux* dans sa carrière, poursuit Me Auguste Johannet. L'éloquent avocat a-t-il lu Ovide, par hasard ? Il y verrait une description charmante des sollicitudes du guide prévoyant qui dirige dans les airs la course de l'imprudent Icare : « Va de ce côté, va de l'autre, lui dit-il ; ni trop haut, ni trop bas. » Ce sage conseiller veut-il arrêter Icare dans sa carrière ? Non ; il ne veut que lui montrer la route qui lui convient et l'empêcher de fondre ses ailes au soleil. Je n'ai pas fait autre chose avec *le Lys d'Evreux*, et ma critique est depuis longtemps résumée par ce vers de Boileau :

Soyez plutôt maçon, si c'est votre talent, etc., etc.

Suivent sept colonnes et demie de plaisanteries que M. Rolle croit très légères, sur Me Johannet ; d'éloges que M. Rolle croit très modestes sur la manière dont ledit M. Rolle remplit les fonctions de critique. Suit, en un mot, explosion de bile, d'encens, selon que M. Rolle s'adresse à l'un ou à l'autre personnage, et par-dessus tout, un flot de rancunes contre *le Lys d'Evreux*.

Procurez-vous ce feuilleton, et tâchez de le lire... C'est une tâche fort courageuse.

§ 10. Où l'on apprend en quel style on doit répondre à M. Rolle.

A MONSIEUR ROLLE,

Feuilletonniste du Constitutionnel.

RÉPONSE AU FEUILLETON DU 17 MARS.

« ***Jupiter, tu te fâches; tu n'es pas loin d'avoir tort*** (1). » Pardonnez-moi la variante. Un homme aussi considérable que M. Rolle ne peut avoir tort qu'avec un *peut-être.* On a vingt-quatre heures au palais pour maudire ses juges; il vous en a fallu plus de quarante-huit pour digérer autant de bile. Je ris; et en ce moment toute la presse pleure. On met en question la précieuse conquête qui coûta tant de sang à la France, la liberté du feuilleton! Sonnez le tocsin, journaux de tous les partis, la patrie est en péril; que les querelles intestines s'oublient! Sonnez le tocsin, serrez-vous autour de vos aigles, *le Constitutionnel* et M. Rolle!

Hélas! monsieur, je crains bien que les journaux ne trahissent leur frère! J'en connais parmi eux, les cruels! qui plaisantent sur vos cris de détresse, qui s'amusent de votre désespoir!

O temps! ô mœurs! que la presse devient égoïste!

O monsieur Rolle, qu'avez-vous fait, en chargeant vos mains du triste sceptre de la critique!

Je m'attendris sur vos douleurs; vous prononcez un arrêt; on vous reproche de ne pas même connaître la cause! Vous citez des vers; on vous reproche de les falsifier! Vous présentez un article, chef-d'œuvre de malice et de raillerie; on vous reproche de n'avoir écrit qu'un pamphlet lourd et maussade! Vous entrez dans la carrière sous le titre d'héritier de Boileau; on vous reproche de succéder à Scudéri! Ah!...

On vous reproche tout cela, monsieur; et ce qui ferait croire à la chute prochaine du monde, c'est qu'un tribunal s'est rendu complice de ces reproches! Au centre même de la civilisation euro-

(1) Dans le texte : *Jupiter, tu te fâches, donc tu as tort.*

péenne, un tribunal a condamné l'esprit, le bon goût, la probité littéraire; a condamné M. Rolle !

Brisez votre plume, enterrez-la! Ecrivez sur son tombeau : « Ci-gît la critique ! »

Il se pourrait, cependant, que votre plume une fois brisée, la critique existât encore. Le soin que vous prenez de la personnifier dans un seul homme, ne sent-il pas un peu l'hyperbole? Je sais bien qu'on passe aux grands esprits de parler d'eux-mêmes avec emphase. On ne s'étonna point d'entendre dire au Corrége : « Et moi aussi je suis peintre ! » Il n'aurait pas dit : « Il n'y a qu'un peintre ! » Un peu de modestie est quelquefois bien de l'adresse. Pourquoi voyez-vous vos confrères demeurer si tièdes? Pourquoi, à votre appel aux armes, la presse ne répond-elle que par deux ou trois réclames qui semblent se battre les flancs pour être en colère? Parce que vous sentez trop vivement, monsieur, l'importance des services que votre plume rend aux lettres; parce que vous avez dit : « Il n'y a qu'un peintre ! »

Montrons-nous moins exclusifs; vous n'êtes pas plus la critique que je ne suis la littérature. Vous écrivez des feuilletons.... chaque journal en présente à ses lecteurs. Nous savons, il est vrai, faire la différence de tous ces feuilletons aux vôtres. « *Il y a fagot et fagot.* » Mais enfin, chacun veut vivre, et, d'après la Charte, chacun en a le droit; on vous désigne ordinairement par ces mots : le *spirituel feuilletonniste*; ou bien, *le probe, l'austère feuilletonniste*. Certes, à votre place, je me contenterais de ces antonomases, déjà quelque peu fastueuses, et n'exigerais point qu'on y substituât celle-ci : le *feuilletonniste*.

A l'avenir, vous mettrez plus de réserve à vous faire valoir; vous traiterez votre personne et vos talents avec une franchise moins complaisante; vous vous apercevrez que vous avez non pas des rivaux, mais des confrères, et tous les cœurs vous reviendront, sans excepter le mien. On s'attache aux personnes à qui l'on a fait du bien, et je vous en aurai fait par cet avis charitable.

L'exorde est un peu long..., très long n'est-ce pas? mais enfin. j'aborde la cause. Voici le premier flot de votre bile :

« *Le fait est certain; le tribunal a prononcé l'arrêt; le juge-*
« *ment est en bonne forme, et le* Lys d'Evreux *triomphe. Nous*
« *le félicitons bien sincèrement de la joie que ce succès judi-*
« *ciaire doit lui causer; peut-être vaudrait-il mieux, pour*
« *une tragédie, réussir devant le parterre qu'au Palais-de-*
« *Justice; mais, en ce bas monde, on réussit où l'on peut et*
« *comme on peut.* »

Qu'il est beau de voir dans un homme cette tenacité, cette persévérance! *Etsi omnes, ego non.* Tout change ici bas, tout se modifie, hommes, saisons, empires, tout, excepté M. Rolle. Il n'a pas vu jouer le *Lys d'Evreux*, c'est un fait acquis à la cause. Il ignore par conséquent le sort de cette pièce. Il a déclaré qu'elle est tombée, il le déclarera jusqu'à son dernier soupir. Lecteurs du Constitutionnel, il faut, il est nécessaire, que cette tragédie soit tombée. Donc, dix représentations successives, où la salle était à peu près pleine, en ont constaté la honte et la chute. Donc, quinze ou seize mille spectateurs, qui l'ont applaudie d'acte en acte, voudront bien rêver qu'ils l'ont sifflée. Il n'en faut pas moins pour sauver l'inviolabilité du principe : la parole de M. Rolle est infaillible. C'est un privilége que l'on conteste à celle du vicaire du Christ, mais le pape n'est pas feuilletonniste.

« *Et ainsi, le Lys d'Evreux qui est peu de chose par lui-même, ou plutôt qui n'est rien, moins que rien...* »

En vérité, Monsieur, vous parlez d'une tragédie, comme on parlerait d'un feuilleton. Moins que rien! N'eut-elle d'autre mérite, cette pièce, que d'avoir suscité le débat qui nous fait user notre encre, je puis affirmer qu'on la compterait pour quelque chose. Vous avez paru comprendre qu'un tel débat ne manquait pas de gravité; il en a pour vous, il en a pour moi, il en a pour l'avenir des lettres. Laissons là vos tristes facéties sur Aristote et l'origine des choses citées à propos d'un chapon; élevons la question, Monsieur, je vous en donnerai l'exemple en changeant de ton et de langage.

Vous êtes feuilletonniste, je suis écrivain; deux professions, quelquefois fort différentes et rarement amies. Il est dans la nature des choses que la première fasse la guerre à l'autre, car l'impuissance est envieuse. Je prends acte ici, monsieur, que je sépare de votre cause celle des vrais critiques. Il en existe; ils se sont fait valoir par quelques titres littéraires, et si j'honore leurs arrêts, c'est qu'ils ont commencé par me faire honorer leurs œuvres. Boileau tonnait contre les Perrin, les Pinchène, les Coras, illustres aïeux que votre verve pesante attribue au *Lys d'Evreux*, mais il tonnait en beaux vers; et lorsque ses victimes récriminaient contre ses satyres, il leur présentait le *lutrin* et *l'art poétique.* Quelle est donc votre prétention? que la loi accorde à ce qu'il y a de plus malfaisant ici-bas, à l'envie armée d'une plume, le privilége qu'elle n'a décerné jusqu'ici qu'à la royauté. La prose d'un feuilletonniste doit être inviolable et sacrée. Son journal est une forteresse au bas de laquelle il faut, en toute humilité, recevoir ses projectiles; en relevant la tête, en osant demander justice, on compromet la liberté de la pensée, on compromet toute la Charte !

«Le droit de répondre, répliquez-vous, entraîne des conséquences tellement fatales.» — «Toutes les lois, monsieur, entraînent des conséquences fatales ; mais pour qui ? Ce n'est pas pour les honnêtes gens. Si, à votre point de vue, critiquer, c'est mordre, je dirai au feuilletonniste : ne critiquez pas. Il serait étrange qu'il y eût dans nos codes encouragement pour les professions nuisibles. » — « La mienne peut être un mal, mais c'est un mal nécessaire. Fléau des mauvais auteurs... « Fléau ! vous ! Une des conditions de votre existence, c'est d'être leur apologiste. » — « Cependant, je vous attaque, et avec un acharnement...» — « Scuderi, monsieur, en mit un semblable à attaquer le Cid.» — «D'où il suit que votre *Lys d'Evreux* se compare, dans votre estime, au premier chef-d'œuvre de Corneille. » — Sans faire une comparaison aussi orgueilleuse, je suis fier, j'en conviens, d'un ouvrage qui attire sur moi ce flot d'invectives. Il a réussi ; vous prononcez sa déchéance ; sur quels titres ? sur un seul ; une pasquinade insipide, décorée par vous du nom de compte-rendu, où vous inventez vers, action, intrigue... » — « Soit ! j'étais en humeur joviale ; mais enfin, si la Cour royale vous donne gain de cause, voyez cet essaim d'acteurs, musiciens, machinistes ; voyez ces milliers de gens, qui se prévalant d'un tel arrêt.... » — « Ces gens-là, monsieur, sont des hommes ; n'attaquez point leur honneur, ils ne l'auront point à défendre. — « Mais s'il me suffit de parler d'eux... » — « N'en parlez pas, ou parlez-en avec dignité. Nommez-les, sans encadrer leurs noms dans vos sarcasmes et vos railleries. » — « Vouloir cela, c'est m'empêcher de vivre. » — « Ne vivez pas ; croyez-vous tenir une place dont la France apercevrait le vide ?

Oh ! non, la loi ne vous octroiera point le droit de lacérer à votre gré les talents et les renommées ; la loi protége, monsieur, l'indépendance de la pensée, mais non l'indépendance de l'insulte ; la loi vous tolère, mais ne vous applaudit pas. Vous appelez la presse entière au secours d'un frère malheureux.... d'un frère imprudent, qui livre le secret de ses coulisses ; et ce qu'elle a de mieux à faire, c'est assurément de vous abandonner. Telle est votre situation, qu'elle vous laisse forcément sans défenseurs, car on ne peut en prendre le titre sans se flétrir de celui de complice. Ce serait à désespérer des lettres, si le tribunal du goût usurpé par des intrus littéraires, devenait de par la loi un tribunal sans appel, et j'ajoute, en me conformant à vos principes, un tribunal où le juge ignorerait l'usage de la procédure et des preuves. — Formez votre appel devant le public ; voilà le juge en dernier ressort. » — « Devant le public, aux yeux duquel vous aurez travesti mon œuvre, à qui vous aurez persuadé que je ne vaux pas la peine de l'occuper, si ce n'est pour l'amuser et le faire rire. Et pourtant, monsieur, quel est le but de nos débats, si ce n'est que le public prononce.

— Dans les colonnes du *Constitutionnel*, une réponse de vous, monsieur ! — L'outragé doit se défendre dans le journal même où il a subi l'outrage. — Mais ma dignité, monsieur ? Si votre réponse paraît, que pensera-t-on de moi ? — Ce qu'on en aurait dû penser plus tôt.

Vous auriez pu, dans un journal qui compte trente mille abonnés, deux cent mille lecteurs, vous auriez pu, monsieur, travailler à m'enlever la seule récompense digne de mes veilles, la considération publique ; vous auriez pu verser sur mon nom, sur mon œuvre, un mépris que vous ne sentez pas, car je vous mets au défi de mépriser l'un ou l'autre, mais que vous feignez, et ce n'est point sortir de vos usages ; vous auriez pu détourner les regards bienveillants qui commençaient à se porter sur moi, y attirer une attention moqueuse et hostile, attacher au pilori ma renommée naissante, et lorsqu'au nom de l'équité, au nom de la dignité des lettres (ici le mot dignité se trouve à sa place) je viens demander réparation, vous réclameriez l'impunité comme un des priviléges de la presse ?

Ce serait le cas de parodier l'un de vos bons mots et de s'écrier : La belle chose que la presse ! Eh bien, monsieur, c'est chose dite. Soyez insulteur privilégié. Attention sur ce qui se passe dans les lettres ! Peut-être, en ce moment, paraît-il un nouvel auteur ; ne lui laissez pas le temps d'acquérir estime et renommée ; renversez l'arbrisseau pour qu'il ne devienne pas un arbre. Mettez en feuilletons le fiel et les sarcasmes dont vous munissez votre mémoire quand vous explorez les sentines de la critique. C'est là votre érudition, et je conviens qu'elle est fort vaste. Les Subligny, les Visé n'ont rien écrit qui ne reparaisse sous votre plume. Je vous conseillerais, puisqu'il ne vous est pas possible de ne pas leur prendre leurs pensées, d'en varier un peu le style. Un coup de brosse sur ces haillons, monsieur ! Ils étaient neufs il y a deux siècles. Neufs, eh non ! ils ont servi aux détracteurs de toutes les belles productions, de tous les hommes remarquables. L'envie est une passion trop active pour avoir mis plus d'un âge d'homme à fabriquer toutes ses armes. Son arsenal est plein depuis le temps d'Homère. Voici trente siècles, monsieur, que vos devanciers en critique se passent de main en main ces tristes armes ; mais on peut du moins les fourbir, et vous les employez rouillées !

Arrivons au terme ; aussi bien c'est devant le tribunal, où sans doute votre refus d'insérer cette lettre va de nouveau nous conduire, que je me réserve de rassembler en faisceau toutes les aménités qui hérissent votre feuilleton monstre. C'est là, monsieur, que je tâcherai de faire apprécier (ma voix n'est pas éloquente, mais ma situation l'est beaucoup), l'équité, la candeur de votre polémique. M. Johannet avait d'abord obtenu de moi que je ne donnerais aucune suite à cette attaque, qui le concerne également. Elle ne lui inspira d'autre vengeance qu'un de ces sourires qui sont peut-être en effet la meilleure vengeance de l'honnête homme. Je lui cède entièrement en ce qui regarde la procédure en diffamation ; quant au reste, ma résolution s'est modifiée. Le silence du dédain m'honorerait sans doute, mais vous punirait-il ? Tous les cœurs, monsieur, ne sont pas sensibles à cette peine. J'ai donc cru devoir vous répondre, et je vous avertis même que mes prétentions iront plus loin.

Mon avenir littéraire dépend de l'ouvrage que vous avez couvert de boue. Il est bon ou mauvais ; de deux choses l'une. S'il est mauvais, vous êtes un critique acerbe, dénué de courtoisie, mais enfin vos attaques sont dignes d'excuse ; s'il est bon, vous êtes un diffamateur.

Qui décidera la question ? les critiques faites par les plus honorables de vos confrères ? Non ; vos feuilletons nous démontrent que leurs opinions, leurs jugements sont à vos yeux une mince paille que le vent emporte. Qui donc, monsieur ? Deux membres de l'Académie française, à qui M. le président du tribunal aura confié le soin de faire, chacun de son côté, l'examen de ma tragédie ; vous choisirez l'un, je choisirai l'autre.

N'allez pas reculer, recourir à de fades railleries ; n'allez pas sourire agréablement de l'importance que je me donne ainsi qu'à mon œuvre. Je ne sache pas, monsieur, qu'aucun membre de l'Académie trouvât au dessous de lui de me rendre l'honneur ; trouvât au dessous de lui d'employer quelques heures à relever un nom que vous avez tant avili ; d'employer quelques heures à sauver peut-être une vie entière !

Mais si je succombe !... tant mieux pour vous, monsieur, car il faut que je succombe pour que vous osiez encore écrire.

Vous avez reçu mon défi. Je vous le renouvellerai. Une hésitation, un refus de votre part, ne m'empêcheront pas d'insister près du tribunal, mais je les interprèterai, monsieur....comme les interprèteront vos juges, la presse, et même vos lecteurs.

J'ai l'honneur d'être, etc. LOYAU DE LACY.

Paris. Impr. de Maulde et Renou, rue Bailleul, 9-11. 2337

www.ingramcontent.com/pod-product-compliance
Ingram Content Group UK Ltd.
Pitfield, Milton Keynes, MK11 3LW, UK
UKHW012305240726
13966UKWH00004B/1643